W0201867

Pour Nicolas et Nathan.

© Éditions Nathan (Paris-France), 1996
© Éditions Nathan/VUEF (Paris-France), 2002 pour la présente édition
Conforme à la loi n° 49956 du 16 juillet 1949
sur les publications destinées à la jeunesse
ISBN 2.09.282549 - 6

LE JOUR DU MEURTRE

Texte d'Hubert Ben Kemoun
Illustrations de Jean-Claude Götting

NATHAN

CHAPITRE I

Les précautions du tueur

Dans un des journaux publicitaires qui débordent quotidiennement de la boîte aux lettres, j'ai découpé au fur et à mesure ce dont j'avais besoin. J'ai choisi des lettres en majuscules, larges et bien grasses, pour qu'elles lui sautent aux yeux, lui explosent au visage, la mutilent.

Un à un, j'ai déposé les petits rectangles d'alphabet sur ma page blanche, pour vérifier que j'avais bien tout ce qu'il fallait. Cela dessinait un étrange archipel d'îles au milieu d'un grand océan blanc. Joli l'archipel.

J'ai ajusté cette espèce de puzzles de petits papiers, bien

au milieu de la page et, une à une, j'ai collé chaque pièce.

J'ai relu mon œuvre.

VIRGINIE,
TU VAS MOURIRE

Juste avant que la colle ne sèche, j'ai eu un doute. Pas sur la menace du message, mais sur l'orthographe. J'ai attrapé mon dictionnaire sur l'étagère pour vérifier. Effectivement, il n'y avait pas de E à MOURIR. À l'aide d'une pince qui me servait du temps où je collectionnais les timbres, j'ai décollé la lettre inutile et j'ai essuyé la colle.

Elle m'a fait mal, cette faute d'orthographe, elle m'a tout rappelé. Si je n'avais pas eu peur de faire des taches sur ma lettre, j'aurais éclaté en sanglots. Mais je n'avais plus le temps à présent. J'allais tuer Virginie ! Elle ne savait pas d'où et comment viendrait le coup fatal, mais il tomberait, brutal et imparable. Et cette fois-ci, tout se passerait sans faute.

Pour confectionner ma lettre anonyme, j'avais gardé mes gants. Si quelqu'un retrouvait ce message, je ne voulais pas que l'on y découvre mes empreintes. J'étais peut-être nul en orthographe, je comptais me rattraper en assassin parfait.

L'adresse, sur l'enveloppe, je l'ai tapée sur la vieille machine à écrire électrique de ma mère. Avec les gants, j'ai dû m'y reprendre à plusieurs fois. J'arrivais difficilement à n'enfoncer qu'une seule touche à la fois et puis le rouleau était un peu sec, depuis le temps qu'on n'avait pas sorti cette antiquité de sa housse. À la quatrième enveloppe, le résultat m'a paru suffisamment lisible pour un facteur. Par précaution, j'ai aussi collé le timbre en gardant mes gants. Les flics ont des techniques modernes très perfectionnées pour retrouver les assassins, tous les feuilletons à la télé le racontent, les faits divers des journaux aussi. Il faut faire gaffe à tout, même à sa salive, j'ai donc utilisé l'éponge de la salle de bains. S'il y avait une enquête qui menait à l'auscultation du timbre, c'est de la salive d'Ajax ammoniaqué qu'on retrouverait là et qu'on accuserait.

Tout était prévu, depuis un mois, à la minute près.

Comme je l'ai vu faire dans une série de l'*Inspecteur Legrand*, j'ai brûlé le magazine de pub, les trois enveloppes ratées et les petites chutes de papier de mon découpage au-dessus de la cuvette des toilettes. Ensuite, j'ai nettoyé les traces de suie à la Javel, enfin j'ai rangé la machine à sa place, la colle, les ciseaux. Je suis rarement aussi soigné. J'ai aéré aussi et brûlé une feuille de papier d'Arménie pour dissimuler le parfum de mon crime. Il ne s'était rien passé. Tout était net, sans faute !

J'ai marché en ville et j'ai pris un tramway pour arriver dans un quartier que je connaissais mal. Bien entendu, j'aurais pu poster ma lettre dans n'importe quelle boîte des environs de la maison, mais j'avais peur qu'on me voie faire. Après le meurtre, les flics pouvaient faire des déductions qui me seraient fatales. Préparer un crime rend parano, ça c'est une certitude qui transforme un agneau en loup, une couleuvre en vipère. Je sais que c'était idiot, mais loin de chez moi, des trajets quotidiens de mes parents, je ne risquais pas de rencontrer qui que ce soit. En plus, je ne voulais pas que l'oblitération sur l'enveloppe permette de faire un rapprochement trop évident avec le quartier de Virginie ou le mien. Pourtant, j'avais peur en sentant dans ma poche la lettre au bout de mes doigts. Elle pesait ! Comment expliquer ça ? Même pas vingt grammes de papier qui se mettent à peser des tonnes ? Elle pesait vraiment !

J'ai encore marché longtemps pour trouver une boîte aux lettres assez isolée. J'ai choisi celle d'une petite galerie marchande de la banlieue nord en vérifiant tout de même que la levée n'était pas passée.

L'enveloppe a disparu dans la fente, avalée goulûment, comme par surprise. Voilà, je ne pouvais plus reculer maintenant. Le compte à rebours venait de commencer. Son compte à rebours !

Je suis rentré sans me retourner.

Dans le tramway, je croyais que tout le monde m'observait. Tous ces passagers inconnus avaient deviné ce que j'allais faire, ce que je venais d'envoyer à Virginie. Pourtant, je n'étais qu'Antoine, quatorze ans dans deux mois, la casquette de base-ball vissée à l'envers sur la tête, une bonne bouille propre et sympathique. Un adolescent parmi les autres. Pas un nabot stoppé dans sa croissance, ni une grande asperge montée trop vite en graine. Non ! Juste Antoine, bonne taille, bonne tête, normal, la vie devant lui, ni plus ni moins.

Le mercredi après-midi, les tramways sont pleins d'ados qui, un sac de sport accroché en carapace sur le dos, se rendent de leur cours de basket à la médiathèque, de la piscine à leur entraînement de foot, certains à leur leçon de piano ou de flûte traversière, c'est plus rare. Moi, je n'avais pas pensé me munir d'un sac pour passer encore plus inaperçu. Mais j'exagère, j'étais un anonyme parmi les anonymes, pas de quoi filer une enquête à Colombo ou Navarro. Seulement moi, je savais que j'étais aussi Antoine, le futur assassin de ma camarade de classe, Virginie Schmitt, rien de moins. Et ça aussi, ça pesait lourd, plus lourd qu'une lettre déjà en route dans les tuyaux de ma vengeance.

J'ai toujours eu peur de tout, avant tout de moi-même. À présent je sentais qu'il était trop tard pour se poser des questions. Le plus dur avait été de décider ce meurtre. Le reste, tout le reste, n'était plus qu'une sorte de formalité, juste un exercice pratique, comme un contrôle dans une matière qu'on connaît sur le bout des doigts et donc, sans aucune raison de se ramasser une veste. Il me fallait quoi, maintenant ? Un peu de patience comme à la pêche, beaucoup de sang-froid, comme à la chasse, de la technique, pour réussir un crime parfait, sans faute... surtout sans faute ! Pas de problème, j'avais révisé.

Quand est-ce que tout avait commencé ? Il y a un mois ou plusieurs années ? Ces choses-là sont difficiles à dater et vraiment, est-ce que c'est important ? Ce sont des questions de flics, ça ! Et les flics, j'avais décidé que jamais ils n'auraient de questions à me poser.

Patience, sang-froid, technique... demain jeudi, elle serait morte.

De retour chez moi, j'ai attendu toute la fin d'après-midi que le temps passe. J'ai consacré un peu de mon ennui à une traduction d'anglais qui ne me disait rien, à des équations de mathématiques auxquelles je ne comprenais pas grand-chose, à des niaiseries débiles de la télé que je zappais toutes les minutes.

Ma mère est rentrée la première comme toujours, fourbue, comme chaque soir.

– Tu as passé un bon après-midi, mon Toine ?

– Bof, j'ai travaillé à la médiathèque avec Lionel, on a fini notre exposé pour Fourmont.

– C'est quoi cette odeur, tu as fait cuire quelque chose ?

– Euh, j'ai laissé le lait déborder en me faisant un chocolat, mais j'ai tout nettoyé...

– Bien ! Et sur quoi, l'exposé ?

– L'Antarctique et la couche d'ozone ! j'ai lancé au hasard.

Elle n'a pas insisté davantage. J'aurais voulu qu'elle sente que je lui mentais, mais tout ce que je racontais passait à merveille. Je ne savais pas si je devais en être fier ou désolé. Est-ce que j'étais déjà une bête ?

En ce cas, Virginie, tu en étais la seule responsable !

CHAPITRE II

Ces choses-là

Ma version d'anglais ne me vaudra pas plus d'un 5 ou d'un 6. Ce n'est pas si mal, mon record personnel est un 12 que j'ai obtenu en pompant allègrement sur la copie de Lionel, qui lui se débrouille plutôt pas mal en langues. Pas qu'en langues d'ailleurs, en filles aussi il a fait des super progrès cette année...

Une matinée de jeudi banale. Réglée par la sonnerie de début et de fin des cours. Anglais, maths, géographie et français. Le quarté habituel et jamais gagnant de ma quatrième pas vraiment sensationnelle.

Lionel était de très bonne humeur. Ça m'énervait. De toute façon, tout m'énervait. À la sortie de midi, il tenait absolument à me raconter ses exploits de la veille. Ses yeux brillaient, malicieux comme des étoiles sur un sapin de Noël.

– J'ai vu Nathalie hier ! Je lui avais proposé de lui prêter le dernier laser des Teenagers Dogs ! On l'a écouté chez elle, tout l'après-midi...

– Et alors ? j'ai dit froidement.

Lui c'était le sapin, moi j'étais la glace.

– Alors... elle adore !

– Qui ça ? Les rockers, ou toi ?

– Gros malin, les rockers ! Moi, j'y vais doucement avec Nathalie, c'est une romantique !

– Ah ouais ? Elle aime le style heavy metal des Dogs, mais c'est une romantique ?

– Le disque, c'est un prétexte... de la stratégie. Tu ne comprends rien à ces choses-là !

– Je comprends surtout que t'es fou dingue de Nathalie et que tu risques de tomber de haut ! Les filles, elles te font toujours dégringoler du sommet où tu croyais les avoir embarquées en randonnée ! C'est comme ça ! Toutes les filles !

J'avais craché ça sur un ton plus sec et bien plus

méchant que je ne le voulais. Je le regrettai aussitôt, mais sur le moment je le pensais vraiment. Lionel est mon ami, pas seulement à cause de son aide précieuse dans toutes les matières, mais parce qu'il est à peu près le seul avec lequel je puisse parler au collège. Pourtant, comme les autres, il imagine que je ne comprends rien à « ces choses-là ».

– C'est possible que je me ramasse une gamelle avec Nathalie, mais si tu savais comme ils sont agréables ces moments de complicité et de gêne. Ça fait partie du plaisir.

– Si tu le dis...

– Je t'assure, Toine ! On était comme deux imbéciles à ricaner en se repassant mon disque et plein d'autres, assis sur la moquette de sa chambre, deux imbéciles, mais en sortant, j'aurais battu des records de saut en hauteur.

– Fais gaffe à ne pas te fracasser le cœur, le crâne ou autre chose en retombant...

– Il n'y aura pas de chute !...

– Eh bien, dans ce cas, tu lui dis que tu l'aimes... tu le lui dis simplement, et si elle est d'accord pour grimper le même Everest que toi, c'est super et comme ça, t'es fixé !

– Trop brutal... aucun style. Tu verras quand tu te décideras.

– Je te dis que les filles, c'est nul !

Je lui ai balancé ça, sans trop réfléchir. Je voulais surtout qu'il change de sujet.

– Nathalie est une fille extra !

– Nathalie, peut-être ! j'ai approuvé pour lui faire plaisir.

– Mais pas que Nathalie. À te voir tourner autour de Virginie, on pourrait croire que...

– Virginie ? Tu imagines que des yeux de biche et une allure de starlette suffisent à me tourner la tête ? Tu rêves, mon pauvre Lionel ! C'est pas ça l'amour ! Si un jour j'aime vraiment...

Il valait mieux m'arrêter, j'allais recommencer à être désagréable.

– Mais elle est sympa, Virginie ! Un peu froide depuis deux mois, mais vraiment sympa !

Il restait la bouche bêtement ouverte devant la violence de mes paroles.

– Sympa ? Ouais, peut-être... parfois ! C'est aussi une petite dinde prétentieuse. T'as vu quand elle lit en français...

– Elle lit mieux que la prof ! C'est même elle

qui nous sauve le cours de Boisille. Encore ce matin...

– Une frimeuse, qui se prend pour une actrice briguant un Oscar à Hollywood. Tout ça parce qu'elle a un an de plus que nous.

– T'es dur ! En plus, tu sais bien qu'elle a de sacrés problèmes avec ses vieux ! Ça cogne chez elle, entre ses parents et pas seulement ! Elle se prend des dommages collatéraux, comme on dit !

– Et alors, tes parents ne se balancent que des fleurs ?

– En tout cas, pas des coups de ce style ! Ton père te tape dessus ?

– Non mais...

– Celui de Virginie, il paraît que c'est pas un type qui fait dans la finesse, surtout quand il a bu !

– Je sais ça, mais ça n'explique pas tout ! j'ai dit à nouveau très sèchement.

– Je croyais que tu appréciais ses manières !

– Elle en fait dix fois trop !... Mais au fond, je m'en fous !

– Ben, ça va, rengaine ta haine, je me suis trompé !

– Oh, c'est pas de la haine, c'est pas bien méchant ! J'ai pas de haine ! ai-je répété peut-être pour le rassurer un peu plus. Moi je crois seulement que Virginie est dans un autre monde que le nôtre, c'est tout !

– Je ne trouve pas !

– Moi si ! Elle se trimballe une vanité comme on n'en fait plus ! De ça, je suis sûr !

– Elle est belle quand même ! Tu peux lui accorder ça ?

– Elle est jolie, c'est tout ! Tu balances un grand coup de pied dans une poubelle, il en sort dix mieux qu'elle !!!

– Je trouve que c'est une drôle d'idée que d'aller chercher les filles dans des poubelles... Mais enfin, c'est toi qui vois ! Dis donc, on ne peut pas dire que tu l'adores !

– Mais si, elle est sympa, t'as raison, mais de là à m'inventer des histoires d'amour avec une oie pareille... Choisis-moi quelqu'un d'autre et je veux bien essayer de faire un effort. Attention, j'ai bien dit, essayer !

Nous avons arrêté là notre discussion pour filer au réfectoire. Les prouesses des avants de notre équipe de foot, la veille, en quart de finale de la Coupe des coupes, occupèrent toutes les palabres du repas. J'ai fait semblant de me passionner pour le sujet.

Mais j'étais ailleurs.

La partie que j'avais décidé de jouer était autrement plus importante qu'une qualification en demi-finale de coupe d'Europe. Si je négociais mal, c'est moi qui allais me retrouver hors jeu. Les flics pouvaient tirer de leurs poches des cartons rouges bien plus décisifs que ceux des arbitres.

Le rôti de porc-haricots verts passait mal. Raconter tout ce que je venais de déblatérer à Lionel au sujet de Virginie avait été pour moi une vraie prouesse. Je me devais de mentir à tout le monde pour me préserver. Après sa mort, les flics poseraient probablement des questions à toute notre classe, c'était logique. Je ne voulais pas que Lionel leur bave :

« Antoine détestait Virginie ! Entre eux, c'était la guerre ! »

Je préférais quelque chose du genre :

« Antoine ? Oh, c'est pas qu'il ne l'aimait pas Virginie, mais elle ne l'intéressait vraiment pas ! »

Personne, pas même lui, ne pouvait imaginer à quel point je l'avais aimée, et c'était très bien ainsi maintenant que les dés avaient terminé de rouler sur la piste. Personne et pas même elle. C'était mon secret, mon mobile et, surtout, ma force.

Virginie, à présent, je savais parfaitement la haïr.

depuis que j'avais décidé de la tuer, mais jamais – de cela aussi j'en étais persuadé – je n'aurais supporté que quelqu'un ose la traiter comme je l'avais fait devant Lionel.

J'étais vraiment ailleurs.

Je n'ai rien pu avaler. J'ai fait des heureux avec ma part de crème renversée à la vanille 100 % synthétique. Je faisais des heureux parmi mes camarades alors que j'allais tuer une des nôtres que tout le monde appréciait.

Virginie ne mange pas au réfectoire le midi. Elle rentre chez elle, et c'est en ce moment qu'elle découvre ma lettre.

Elle a peur ? Sûrement.

Elle pense qu'il s'agit d'une plaisanterie ? C'est possible, mais c'est sans importance.

Elle cherche qui peut lui avoir fait cette mauvaise farce ? C'est normal, la question ne se pose même pas.

Elle imagine que cela peut venir de moi ? Ça m'étonnerait, mais ça ne me déplairait pas complètement.

Elle montre ma lettre à sa mère ? Aucun risque là-dessus. Sa mère est vendeuse au Magasin Moderne, elle ne rentre pas le midi, et puis, surtout, tout le monde en classe connaît le conflit qui se livre quotidiennement chez elle, entre ses parents, avec elle, une guerre de clans qui n'a pas d'issue.

Elle parle de cette lettre à quelqu'un que je ne connais pas ? C'est exactement là que réside le seul risque de mon plan. Pour cette raison, il me faut agir très vite. Comme j'ai prévu les choses, il ne devrait pas y avoir de problèmes. Demeurer vigilant à chaque détail, ils sont tous essentiels. Ce n'est pas la mer à boire, mon crime est pour dans quelques heures...

Toutes ces questions, je me les ressassais depuis un mois, sans cesse. À en devenir dingue. Il m'en vint une autre, plus simple, plus grave aussi. Et si Virginie n'était pas rentrée chez elle ? Je ne sais pas moi, si elle était allée déjeuner chez une copine, si elle sautait le repas pour réviser le cours de sciences naturelles de l'après-midi ou pour un rendez-vous avec un des dix mille soupirants qu'elle doit avoir, si... enfin, un truc imprévu, un grain de poussière qui pourrait complètement dérégler la mécanique que j'avais préparée... Cette idée ne me quittait plus.

Je suis sorti le premier du réfectoire. Il était une heure moins vingt, le deuxième service allait rappliquer bientôt. Il me restait un peu moins d'une heure avant la reprise des cours et son retour au collège.

J'ai filé à la cabine téléphonique à côté du gymnase. Il y a bien un « Point Phone » dans le couloir de la salle des profs, mais j'avais besoin de discrétion et de toute façon il est souvent squatté par un groupe de grandes de troisième qui ne le lâchent pas avant la sonnerie de reprise des cours.

On a décroché à la deuxième sonnerie. J'entendais la radio ou la télé qui marchait derrière.

– Allô ?

C'était bien elle. La voix était sombre et triste. J'ai tout de suite su qu'elle venait d'ouvrir son courrier et qu'elle était encore sous le choc du message de ma lettre.

– Allô ? (Elle insistait, inquiète.) Allô ? Qui est à l'appareil ? Répondez !

J'ai bloqué ma respiration.

– Répondez-moi ou je raccroche !

Bêtement, pour l'énerver, avec l'ongle de mon pouce, j'ai gratté le combiné du téléphone. Elle ne devait rien comprendre à ce bruit étrange. Plutôt une petite souris coincée dans le combiné que la faux de la mort qu'on aiguise lentement.

– Je n'entends pas bien. Qui êtes-vous ? Répondez, à la fin !

Elle avait presque hurlé, complètement paniquée.

J'ai raccroché avant elle.

Tu trembles de peur, Virginie ? Déjà ? Tu as mal ? Qu'est-ce que ça va être tout à l'heure ? Tu souffres, mais de cette façon, tu n'en as pas l'habitude ? Fallait réfléchir. Tu souffres moins que moi lorsque je t'ai remis la première lettre. Pas celle que tu viens de trouver chez toi, non, celle d'il y a un mois. Tu as déjà oublié ? Compte sur moi pour te rafraîchir la mémoire !

Devant la cabine, deux filles de troisième conspiraient en attendant que je libère la place. J'ai retrouvé les autres sur le terrain de basket.

Je me suis joint à l'équipe du Grand Vladimir.

Le Grand Vladimir, c'est la vedette du collège. Pas seulement parce qu'il est bon en basket et mesure deux têtes de plus que la plupart d'entre nous. Le Grand Vladimir est une vedette, parce qu'il est chanteur guitariste dans un groupe de rock, « Boulimie subite », et a déjà fait trois concerts dans des centres socioculturels en ville et au « Jeanne », le café du père de Thomas, place de la Libération[1]. Le bahut, il s'en moque maintenant, son avenir balance comme un bon rock and roll entre la musique et les paniers.

D'habitude, on ne me propose pas de jouer, on me trouve trop lent. Mais Lionel venait de les abandonner pour filer au CDI avec Nathalie, sous prétexte d'un exposé à préparer, lui qui ne rate jamais un match !

---

1. Voir *Le Dernier Jour* et *Le jour est la nuit.*

Les temps changeaient... Il manquait un joueur. Sans grand enthousiasme, on m'a offert la place.

Un miracle ! J'ai joué comme jamais ! Bataillant sur chaque ballon, réussissant trois superbes paniers à trois points et des séries de dribbles que personne ne m'avait vu effectuer auparavant. Je sentais en moi une telle hargne, une si grande violence ! Si tu avais été là, Virginie, je ne sais pas si je t'aurais impressionnée ou fait peur. Probablement les deux. Mais, je te préviens, je ne me contenterai pas de la simple peur. Pour laver ma honte, je vais te faire disparaître. Et à présent, tu le sais.

En partie grâce à mes prouesses, nous avons gagné ce match. 36 à 28, dont 14 points à mon actif. Sous l'œil attentif d'un groupe d'élèves du deuxième service qui sortaient de leur festin, j'eus droit aux félicitations du Grand Vladimir, ce qui n'était vraiment pas habituel. On aurait dit une bénédiction. Quel triomphe ! Si tu avais été là, Virginie, tu aurais vu ce dont je suis capable ! Décidément, aujourd'hui, je faisais des heureux partout, au réfectoire, sous les paniers... tu vois, Virginie, ce n'est pas moi le diable !

Elle était là ! Assise sur un banc entre le réfectoire et le terrain de sport, en retrait de « mes admirateurs ».

Elle écrivait quelque chose dans son classeur et, de temps en temps, relevait la tête pour observer les basketteurs et leur public.

Depuis combien de temps était-elle installée seule sur ce banc ? Je ne sais pas. Entre chez elle et le collège, il y a six minutes à pied, j'ai vérifié plusieurs fois. Elle avait pu assister à une bonne partie de mes exploits. Était-elle là pour nous épier ? Tous, ou seulement moi ? Je ne savais pas. J'ai fait semblant de ne pas la voir.

Auréolée dans le soleil de printemps, elle n'était pas seulement merveilleusement belle, elle était magique. La même lumière et le même banc que lorsque je lui avais donné la lettre, il y a un mois. La première lettre, celle qui allait lui coûter la vie.

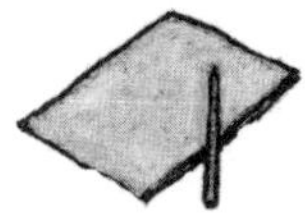

CHAPITRE III

La première lettre d'amour

Chez un papetier du passage des Benjamins, j'avais choisi un bloc de feuilles pastel, incrustées de pétales de fleurs. Cela m'avait coûté deux semaines de mon argent de poche, mais c'était le plus beau à mon goût et c'est ce papier que je voulais absolument pour ma lettre. Je n'avais pas hésité une seconde face à la dépense.

Après... j'ai mis beaucoup plus de temps à la rédiger, cette fameuse lettre. Près d'une semaine !

Moi qui déteste lire et écrire, j'ai fait et refait des brouillons sur mes cahiers. Je savais ce que je voulais dire, mais trouver les mots justes et forts, fabriquer les phrases qui émeuvent et encouragent, les formules qui éclatent et demeurent à jamais tatouées, c'était une tout autre paire de manches !

Une fois mon énième brouillon suffisamment bien tourné, j'avais corrigé mes fautes, puisant autant que je le pouvais un peu d'aide dans le dictionnaire que j'ouvre si rarement.

Après, recopier ! La galère ! Il m'a fallu des tonnes d'efforts pour réussir une page entière sans rature, pour que même mon écriture soit gracieuse et régulière.

La moitié des vingt-cinq feuilles du bloc de papier à lettre y était passée. Mais ça valait le coup ! J'avais essayé d'abord d'écrire avec un porte-plume, pour que les lettres soient plus belles, style parchemin, rondes, pleines et déliées, hélas ! le papier que j'avais choisi buvait et la plume s'accrochait dans les nervures des pétales incrustés. Le résultat a été absolument lamentable.

J'ai recommencé au stylo-bille, plus simplement. Chaque soir, je délaissais mon travail pour me remettre à cette rédaction. Trois ou quatre lignes à la suite, pas plus, sinon mon écriture perdait de sa régularité. J'ai persévéré et je me suis appliqué, comme je ne l'ai jamais fait pour les copies à rendre à Boisille ou à quelque prof que ce soit.

Je voulais te plaire, t'impressionner, te séduire. Que tu sois fière de moi.

Virginie, je l'ai tant recommencée cette lettre que je la connais par cœur. Mieux que tous ces poèmes qu'on nous donne à apprendre et que toi, tu récites avec un tel talent ! Oh Virginie, c'était pas du Rimbaud ces phrases, je sais bien, mais presque, et puis c'étaient tout de même les miennes, elles m'avaient tellement coûté et pas seulement mon argent de poche !

Virginie,

Je ne sais pas comment on dit ces choses-là, je ne sais pas bien non plus comment on les écrit, sûrement parce que je ne les ai jamais dites ni jamais écrites à personne, mais aujourd'hui j'ai besoin que tu saches à quel point je t'aime. Ta présence au collège est chaque jour un cadeau pour moi. Un bonheur aussi et un plaisir. J'aime t'entendre lire en classe, c'est une musique douce et si gracieuse que rien ne peut égaler selon moi. Je te guette plus que tu ne le crois. Je change mes trajets souvent, simplement dans l'espoir de te croiser. Mais voir ta maison ne me suffit plus, t'entendre lire et répondre en classe pas davantage. Comment te dire correctement, Virginie, à quel point tu es présente et à la fois à quel point tu me manques ?

Car il ne s'agit pas seulement de la classe, du prisme du collège, Virginie. Je te guette sans cesse comme on espère un cadeau.

Est-ce que t'avouer aujourd'hui que je t'ai suivie plusieurs fois à tes cours de théâtre du mercredi après-midi est un crime ou plus simplement une preuve de mon attention ? Est-ce que te décrire mon attente imbécile, planqué derrière la porte de ce local où tu répètes avec les autres apprentis comédiens de ton groupe te met mal à l'aise ou t'émeut ! Il faut que je sache maintenant. Pour cela aussi, il faut que tu saches. Tu étais une star en devenir, tu es devenue mon étoile.

Je sais, je ne brille pas autant que toi, pourtant je sens que si tu acceptes mon amour, je saurai t'étonner de tout ce que j'ai à t'offrir. Ces choses-là, ces présents, sont pour toi, ils ne s'échangent pas pour une autre si tu les refuses, c'est toi qui me fais écrire aujourd'hui.

J'ai souffert pour toi en comprenant le mieux que j'ai pu les guerres qui se livraient chez toi avec tes parents. Je n'ai pour te rassurer que ma tendresse. Mon immense tendresse. Elle peut combler des précipices et apaiser des cauchemars. Il est temps, Virginie ! Je te connais depuis le

CE2, j'ai trop tardé à te déclarer mon amour, laisse-le exploser enfin. Je n'en peux plus d'attendre.

Tu sais que tu es belle, mais sais-tu aussi à quel point tu es séduisante, gracieuse ? Chaque détail de ton visage me plaît et je l'apprends comme un musicien sa partition. Je te révise, d'autres sûrement te calculent, moi, je ne demande qu'à t'apprendre encore et encore.

Ne crois pas que tu ne fasses que me tourner la tête. Je suis amoureux de tout ce que tu es. C'est bien l'amour qui me fait écrire et je veux que tu saches que je n'ai jamais autant tenu à quelqu'un de ma vie.

Si j'avais pu le faire, je t'aurais écrit des poèmes pour te dire toutes ces choses. Des chansons et des musiques pour aller avec. Peut-être que je saurais le faire en parlant directement avec toi, mais j'avais le trac alors j'ai décidé de t'écrire cette lettre. Tu ne peux pas ne pas sentir à quel point elle est capitale pour moi. Pour toi, Virginie, je deviendrai meilleur et plus fort. Pour toi et pour nous, si tu veux.

J'aimerais que tu m'aimes avec autant de tendresse que je t'aime. Tu me rends fort, peux-tu le comprendre ?

Je t'attends, Virginie ! J'attends comme Pénélope attend son Ulysse, comme d'autres attendent Noël, les vacances, un résultat d'examen, le jour de libération de prison, moi j'attends ton regard, ton amour !

Quoi que tu dises, je veux que tu saches que je t'aime et que je t'aimerai toujours.

Antoine

Assise sur le banc, elle l'a ouverte, ma lettre. Comme un imbécile, je restai planté devant elle, n'osant ni m'asseoir ni la regarder en face. Laisser aller mon regard vers le bas, ce n'était pas mieux, elle portait une jupe très courte et des collants sombres, on voyait tout de ses jolies cuisses, j'avais peur qu'elle me trouve vicieux. Tous les garçons en parlent, en classe, de ses tenues et de ce qu'elles laissent découvrir de ses jambes. Les autres filles n'osent pas comme elle porter autre chose que leurs pantalons en classe. Bien sûr que je les ai regardées ses jambes, je n'avais pas fait cette déclaration d'amour pour me passer de ce plaisir, n'empêche que sur le moment je ne savais pas où me mettre. Partir ou la laisser là, seule à découvrir mes lignes aussi laborieuses que sincères.

Elle terminait sa lecture.

Elle allait relever la tête, les yeux brillants d'émotion, toute troublée par mes si belles phrases. Elle allait saisir ma main, me lancer le plus tendre des sourires, prononcer des paroles magiques : « Oh Toine... je suis si émue... je t'aime aussi depuis si longtemps... ta lettre est merveilleuse... je la garderai toute ma vie... toi aussi tu me rends forte... oh merci, Toine ! »

J'attendais en tremblant, les yeux figés sur la feuille incrustée de pétales et des premiers mots d'amour que j'avais écrits de ma vie. Elle la tenait serrée entre ses deux mains. C'était bon signe. Elle la relisait, sûrement pour s'en imprégner comme on le fait d'un parfum. J'attendais le sien.

Elle n'a pas levé la tête, elle n'a pas lancé de sourire ni tendu la main vers moi. Pas même prononcé un mot. Un instant j'ai pensé qu'elle pleurait, tellement elle était bouleversée par ma déclaration. J'avais gagné.

Elle s'est penchée vers son cartable posé à côté d'elle, sur le banc. Ma lettre, notre lettre, à présent reposait sur ses genoux. D'un geste adroit, elle a ouvert le cartable et, sans avoir à fouiller longtemps, en a sorti sa trousse et un classeur.

J'ai immédiatement pensé qu'elle allait me répondre par une autre lettre d'amour, plus belle que la mienne, sans avoir besoin de cinquante brouillons. Après tout, pourquoi pas ? Je trouvais cette idée merveilleuse et très romantique. Là, tout de suite, devant moi, elle allait m'écrire une déclaration d'amour, que moi aussi je pourrais garder toute ma vie. Après, les mots de vive voix, les gestes n'en finiraient pas de venir. Nous aurions tout le temps...

Imbécile !

Sur ses genoux, le classeur lui a servi de support. Mais elle n'a pas décroché de feuille à l'intérieur. Dans la trousse, elle s'est saisie de son stylo-feutre rouge, et elle a fait la seule chose à laquelle je n'avais pas pensé, la chose qui pouvait me faire le plus mal. Une à une... elle a corrigé mes fautes d'orthographe...

Malgré mes efforts, malgré mon application, il y en avait encore tout un tas, pratiquement toutes les deux lignes. Des fautes d'inattention, d'accents, d'accords de verbes et de sujets. Toute ma panoplie habituelle. Elle me mutilait. Dans la marge, au fur et à mesure, elle inscrivait des bâtons rouges, exactement comme le fait si souvent Boisille sur mes copies. Elle a souligné tous mes *« à quel point »*, tous mes *« Je t'aime »* en notant dans la marge : « RÉPÉTITIONS !!! »

Un cauchemar... et il n'était pas encore terminé.

Virginie, avant de lever les yeux sur moi, a relu la page une dernière fois. Elle a encore trouvé des accents qui manquaient, à « *séduisante* » et ailleurs, je crois. Pour *« je t'aime et je t'aimerai toujours »,* elle a inscrit entre les lignes : « T'AIMERAIS OU T'AIMERAI », et demandé : « FUTUR OU CONDITIONNEL ???» en majuscules. Au-dessous, elle a noté ce conseil de prof : « REVOIR D'URGENCE LES CONJUGAISONS !!! »

J'étouffais.

Satisfaite, elle a ajouté tout cela à la ribambelle de fautes déjà épinglées dans la marge. Enfin, elle a porté le coup de grâce, celui assassin qui fait basculer dans le néant. Comme une signature, elle a inscrit 0/20, en haut et à gauche de ma lettre.

Je crois bien que lorsqu'elle m'a regardé en me rendant la feuille, je devais être aussi rouge que si c'était mon visage – et pas mes fautes – qu'elle avait passé au feutre. Elle, elle était sèche, sans haine apparente, juste froide et sèche.

J'ai attrapé ma déclaration d'amour du bout des doigts, presque dégoûté. Ce n'était plus qu'une dictée corrigée et lamentable, comme toutes mes dictées. Je ne savais plus où j'étais. Là, Virginie m'a lancé un sourire narquois, à peine un petit rictus, qui la rendait encore plus belle, et le plus calmement du monde, elle a dit :

– C'est nul, Antoine ! Je suis désolée de te le dire, mais, ça ne vaut vraiment rien... exactement comme toi !

Je crois que j'ai murmuré « oui », machinalement, pas pour répondre, mais juste pour vérifier que j'étais encore vivant.

– C'est nul... tout le monde peut se tromper, mais à ce point-là... ! Allez, t'inquiète pas, c'est pas si grave que ça... Si tu veux bien, on n'en reparlera plus !

J'ai répété « oui ». J'étais un zombie, un fantôme,

son ombre. Je crois que si sur le moment elle m'avait dit « tu sais, si j'étais toi, j'irais me balancer tout de suite dans la Saponne » ou quelque chose du même style, j'y fonçais sur-le-champ.

Elle n'a rien dit d'autre. J'ai encaissé.

Ne pas pleurer devant elle. Même pas renifler, paraître aussi calme qu'elle, sembler capable de recevoir la gifle sans tomber à terre, se contenir.

Respirer.

Le fantôme petit à petit devenait autonome. Je sentais monter ma haine.

Respirer encore.

Il hurlait vengeance à l'intérieur de moi.

Respirer calmement. Sinon, là... sur ce banc, je lui sautais à la gorge, avec mes doigts je lui crevais ses beaux yeux verts, je lui déchirais le visage. Rester calme. Respirer, respirer.

Virginie s'est levée, elle est partie sur ces paroles : *on n'en reparlera plus.* Elle ne semblait ni gênée par son attitude, ni inquiète de ma réaction. Je n'étais qu'une vilaine mouche qui l'avait ennuyée quelques instants et qu'elle avait chassée d'un geste nerveux de la main. Une mouche, même pas une abeille qui puisse piquer. Ce soir elle aurait oublié ma lettre, demain, comme auparavant, elle ne jetterait pas un regard sur moi. Je deviendrais un de ces figurants qu'elle croise au collège mais ne font pas partie de son monde.

Respire, imbécile !

L'air m'a manqué longtemps, la force aussi. Celle de me lancer à sa poursuite, de l'étrangler. Je n'étais plus qu'une envie de disparaître sous la terre, une prière pour claquer des doigts et revenir en arrière d'une demi-heure, mais je savais bien qu'il n'y avait pas de touche « rewind » à l'existence.

Une sonnerie venant du bâtiment B a retenti pour me faire croire que la vie continuait, qu'un cours de je ne sais plus quoi m'attendait. Mais là, face à ce maudit banc, je n'existais plus. Je n'existais plus puisqu'elle venait de briser le plus bel effort dont je sois capable, le plus grand espoir que je puisse avoir. Et c'est en comprenant cela, prostré, mon torchon de lettre pendant au bout de mes doigts, que petit à petit, le venin a commencé à faire son effet. Un cancer qui ronge, une gangrène qui s'impose. J'ai décidé que j'allais la faire cesser de vivre. C'était simple, net, et ce coup-ci, ce serait sans la moindre faute.

CHAPITRE IV

Fausse note de musique

– Ça marche d'enfer avec Nathalie ! m'a chuchoté Lionel en entrant avec moi dans la salle de musique. Les yeux brillants comme des agates prêtes à exploser, il a ajouté : On s'est pris les mains sous la table du CDI.

– J'espère que tu les avais bien savonnées avant ? j'ai répondu, encore essoufflé par mes prouesses de basketteur.

– T'es con à la fin, Toine !

– Mais si, parce que maintenant tu ne vas plus jamais

les laver, histoire de garder le plus longtemps possible le souvenir du contact...

– C'est malin ! T'es lourd aussi ! Tu te crois marrant, mais t'es grave !

– J'espère que vous ne vous êtes touché que les mains, parce que si vous êtes allés plus loin... je ne sais pas moi, imaginons que tu l'aies embrassée...

– Oui et alors ?

– Alors ? Eh bien si tu ne te laves plus la bouche... l'odeur... enfin, l'haleine surtout... dans deux mois... je te dis pas le malaise ! Je t'aime bien, mais je ne te promets pas de rester à côté de toi en cours.

– Patate ! Si tu continues, c'est moi qui vais changer de place !

– Qu'est-ce qu'elle a mon haleine ?

– Arrête, Toine ! Je ne sais pas ce qui te prend aujourd'hui, t'es déchaîné !

– Ce doit être ça ! j'ai dit le plus calmement du monde. Je suis complètement déchaîné.

J'ai pensé qu'il y avait « haine » dans « déchaîné » mais je n'ai pas insisté, Lionel n'avait pas à savoir et de toute façon, planant sur son cumulo-nimbus d'amour, il n'aurait pas compris.

Personne ne pouvait comprendre ce que j'allais faire

à Virginie, pour cela aussi personne ne devait être au courant.

D'ailleurs où était-elle Virginie ? J'ai détaillé la classe rapidement, elle n'était pas encore assise parmi nous. Je me suis retrouvé à scruter la porte avec inquiétude. Pour que le meurtre puisse avoir lieu, il faut que la victime soit là.

Voilà qu'elle me manquait terriblement. S'il lui était arrivé un accident, je ne sais pas moi, une bagnole qui grille un stop, un attentat terroriste juste sur le boulevard, un hold-up ou une prise d'otage qui tourne mal, un crash d'avion, un déraillement de train, une explosion nucléaire, n'importe quelle catastrophe... (sincèrement, à ce moment-là, j'ai passé en revue toutes les occasions de mourir qui pouvaient se présenter entre chez elle et le collège, même les moins probables) ? S'il lui était arrivé quelque chose, comment allais-je me débarrasser de ma haine et de ma vengeance, moi ? Il fallait qu'elle arrive ! Il le fallait absolument !

– Je te jure que t'as pas l'air bien en ce moment !

Lionel a posé doucement sa main sur mon bras. Ce contact n'a pas duré plus de deux ou trois secondes, mais je l'ai senti comme une décharge électrique. Une agression.

– Tout va bien ! Laisse tomber ! j'ai craché sans détourner mon regard de la porte.

– Toujours en retard ! a murmuré Lionel d'un ton beaucoup plus froid.

J'ai sursauté. Comment pouvait-il imaginer qui j'attendais et à quel point ?

– Qui est en retard ?

– Ben, Bannier, le prof de musique.

– Oui, tant mieux ! Qu'il crève !

– Ouais, je vois... À part ça, tu vas drôlement bien...

Virginie est entrée quelques minutes plus tard dans la salle. Sans le moindre regard pour notre classe chahuteuse, sans rien dire à personne, elle a pris sa place derrière sa table, seule, sur une rangée à notre droite. Dans le bazar montant, je pense que personne d'autre que moi n'a remarqué son retard. Est-ce que l'assassin et sa victime sont déjà un couple lié et intime avant le moment du meurtre ?

En me retournant discrètement, j'essayai de déceler de la terreur dans ses attitudes, au moins un peu d'angoisse dans ses yeux. Elle avait trouvé ma lettre anonyme, paniqué à mon coup de fil, mais là, il n'y avait rien. Pas même une petite touche d'inquiétude.

Gracieuse et digne comme toujours, elle attendait que le cours de musique commence. Lointaine, elle a redressé son dos sur la chaise, jeté vaguement un œil sur sa montre, ouvert son cahier de texte pour y vérifier quelque chose. Gestes banals d'une élève – plutôt bonne – attendant que le cours commence, comme si elle n'était au collège que pour ça.

Partout autour d'elle, ça s'échauffait, elle demeurait insensible. Ni vraiment sage, ni joyeuse, ni triste ; elle semblait voyager ailleurs que parmi nous. Elle était comme une simple visiteuse à la prison du Monopoly. Et aujourd'hui, à la date de sa mort, son éloignement me semblait plus injurieux encore que d'habitude. Elle paraissait de passage dans la classe, arrivée ici presque par hasard, ne prêtant pas la moindre attention aux pitreries de chef d'orchestre du Grand Vladimir qui venait de se mettre debout et de prendre place devant le tableau. Il s'était proclamé maître de chorale et, à l'approbation d'une bonne majorité des élèves, il menait le chahut, sa règle en guise de baguette. En quelques instants, cela ressembla bien davantage à un tintamarre de troisième mi-temps de match qu'à un chorus d'église...

Virginie... je vais te tuer. Tu devrais profiter des

ultimes moments de joie auxquels t'invite ce grand frimeur de Vladimir... tu devrais. Moi qui t'ai proposé « toujours » dans ma lettre, tu devrais lever le nez une dernière fois sur la vie, tu devrais. Non ? Décidément, tu ne veux vraiment pas t'abaisser à partager quoi que ce soit avec nous ? Tant pis ! Tu veux rester de passage ? De passage dans la vie, alors ! Ton terminus est pour bientôt, Virginie ! Malgré ta beauté, malgré l'amour que je ressens encore pour toi, je vais te tuer. Tu devrais... Ce chahut aurait pu être pour toi la cigarette de la condamnée, mais tu préfères rester hermétique à nous tous, à moi ! Tu aurais dû, Virginie ! Je vais te tuer.

Ma montre pointait 14 h 25. Ce coup-ci, Bannier, le prof de musique, avait battu son record de retard habituel, mais qu'importe, mon compte à rebours égrenait d'autres minutes que celles de l'horloge du collège ! Dans un peu plus de trois heures, Virginie serait morte.

Lionel avait repris ses tentatives amicales.

– Toine, je te l'ai déjà dit, je crois surtout que tu ne piges rien aux histoires d'amour, ou que tu fais semblant de ne rien y entraver ou alors pire, ouais, pourquoi pas... ?

– Arrête !

– Oui, pourquoi pas après tout ? T'es jaloux !

– Jaloux ? Ça va pas non ! Au contraire, je trouve ça super pour toi ! Nathalie et Lionel, je trouve que ça sonne plutôt bien ! Ce que j'ai dit, c'est pour te vanner, c'est tout. C'est pas méchant !

– Ouais, eh bien, je vais te dire un bon truc, on ne plaisante pas avec ces choses-là !

– Lionel, tu m'inquiètes, tu deviens vieux à vue d'œil. C'est pour quand les noces ?

– Tu fais braire, Toine ! C'est pas drôle, et puis toi, t'aimes personne, alors tu me charries, parce que t'as rien d'autre à raconter. T'es lourd des fois ! Non, pas que des fois... de plus en plus souvent !

– J'aime personne ? Tu dis n'importe quoi, mon Lionel, je t'adore, moi !

L'air boudeur, il s'est tourné vers les simagrées du Grand Vladimir qui continuait son show devant son public complètement acquis à ses grimaces.

– Allez, fais pas la gueule, excuse-moi, Lionel.

– Laisse tomber... mais parfois, t'es lourd, c'est tout !

Il a dit cela sans se détourner de la vedette qui, toujours sur l'estrade, nous faisait à présent tous les instruments d'un orchestre symphonique. Pour ne pas être seul, comme Virginie, j'ai fait semblant de jouer le public, pourtant le cœur n'y était pas. Est-ce que mon ami avait raison ? Est-ce que je n'aimais plus personne ?

Calupe, le surveillant général, surnommé escalope par des générations successives d'élèves, est entré dans la salle, sans prévenir, comme à son habitude. Il a foncé vers le tableau et la scène pour attraper le Grand Vladimir par le bras.

– Cela fait très plaisir de constater que même en l'absence de votre professeur de chant, vous aidez vos camarades à réviser.

– C'est exactement cela, m'sieur ! On répète d'enfer !

– Eh bien puisque vous êtes au bureau, restez-y ! Monsieur Bannier a été victime d'un petit accident de voiture, il ne vous fera pas cours aujourd'hui.

– C'est pas grave au moins ? a demandé Pierre-François, en lèche-bottes professionnel.

Calupe a fait semblant de ne pas entendre, histoire d'éviter à Pierre-François de se faire lyncher par toute la classe à la sortie. Il a continué :

– La classe est en étude jusqu'à la fin de l'heure. Vladimir, c'est vous qui allez surveiller vos camarades. En tant que chef d'orchestre, vous devriez savoir gérer le silence.

– Oh dur... a balbutié Vladimir.

– Si j'entends la moindre fausse note, c'est vous qui trinquez !

– Wouaa, c'est pas juste !

– Peut-être, mais c'est comme ça ! Vous croyez qu'elle est juste, la vie qui vous attend ?

– Ben, j'espérais...

– Eh bien, autant vous enlever vos illusions tout de suite ! Bon, vous prenez tous votre travail pour demain ou un livre, vous travaillez en silence et tout se passera bien. (Il a levé un index menaçant à l'intention de tout le monde en général, du Grand Vlad en particulier.) Je vous avertis, je repasserai... sans prévenir, bien entendu !

Le calme a duré cinq minutes, et encore je suis généreux. Le Grand Vladimir ne pouvait pas s'en empêcher. Il a commencé à composer une espèce de rap qu'il avait décidé de faire apprendre à tout le monde. Sincèrement, les capacités d'invention de notre camarade étaient assez impressionnantes. Vladimir avait toujours la pêche quand il s'agissait de plaire et de rendre le collège plus drôle.

Son nouveau tube débutait par :

Une escalope, plus très très fraîche,
A dit silence et on s'dépêche.
Bannier planté dans sa bagnole,
Avait trop tiré sur la gnole.
Bannier stoppé dans sa 104,
Devrait vite stopper le picrate.

En quelques minutes, nous étions tous dans le ton et aussi à l'aise dans les paroles. Le rap continuait ainsi :

Calupe, Calumet,
Mulet, m'casse les pieds !
Escalope faisandée,
On est mal barrés !
Pet l'escalope !
Fais gaffe mon pote !
Y'a pas d'av'nir.
Et il va rev'nir.

Toujours dans sa bulle, Virginie se désintéressait complètement de notre euphorie musicale. Elle avait sorti une feuille de son classeur et commencé à écrire. Probablement la même feuille que tout à l'heure, sur le banc. On aurait dit une lettre. Elle se relisait et rajoutait les mots, les uns derrière les autres, comme une cuisinière qui goûte son plat et y saupoudre peu à peu une épice ou un ingrédient supplémentaire, en retire, parsème encore quelques signes de ponctuation, rectifie les mots, vérifie la puissance du feu. Elle ne semblait rien entendre de la classe qui fredonnait joyeusement les couplets du nouveau tube du Grand Vlad. Totalement absorbée par sa rédaction, je trouvais que Virginie avait un air triste, cette fois-ci, pas seulement concentré, mais triste.

Tu as tort, Virginie !

Ces moments auraient pu être tes derniers instants de joie. Tu t'y refuses ? Tant pis pour toi...

J'essayais de ne pas trop penser à ce qui allait se passer tout à l'heure, mais je n'ai pas pu m'empêcher de jeter une main dans mon cartable. Discrètement – je sentais Lionel ronchonnant et aux aguets de mes moindres gestes –, dans la poche intérieure, celle qui ferme avec un zip. Tout au fond, du bout des doigts, j'ai senti le manche du cutter. Sans le sortir, j'ai débloqué la lame et l'ai fait glisser hors de l'étui. En faisant attention, du pouce, je l'ai caressée sur la tranche quelques instants. Elle était glacée. Chante, Grand Vladimir, chantez tous, chantons ensemble, mais vous n'imaginez pas ce dont je vais être capable, quelque chose d'immense et d'abominable, un exploit autrement plus fort que des séries de paniers au

basket, bien plus puissants que les rimes faciles de vos textes sans fautes d'orthographe ! Reste une étrangère, Virginie, cela ne changera rien. Je vais te tuer ! Je n'ai pas prévu de le faire avec ce cutter, il est là, glacé et endormi dans mon cartable, parce que je sais qu'un aussi beau visage que le tien tremblera d'effroi face à une lame pareille. Ainsi, tu écouteras ce qu'un moins que rien tel que moi a à te dire. Après ça... l'express de 17 h 32 fera le reste... Je fais des fautes, tu sais les corriger, mais je sais compter, Virginie.

Moi aussi le talent du Grand Vladimir m'amusait assez, mais je ne pouvais plus détacher mon regard de la nuque penchée de Virginie. Elle se balançait imperceptiblement avec le mouvement du stylo. Cette nuque qu'un train allait broyer tout à l'heure, sans peut-être même s'en apercevoir. J'ai tremblé pour elle, j'avoue avoir eu peur de moi, non parce que je sentais qu'il fallait reculer, renoncer à mon crime, plutôt parce que je savais que je l'accomplirais. Du coup, j'ai repris plus fort que les autres le refrain que nous avions appris si vite.

Pet le salaud !
Fais gaffe mon poteau !
Voilà le calup,
Rien dans l'calbut !
Y'a pas d'av'nir.
Et il va rev'nir.

Virginie en était arrivée au bas de la première page de sa lettre. Lorsqu'elle l'a retournée, j'ai découvert que la mienne était posée à côté de son classeur. L'enveloppe était ouverte, mon collage plié à l'intérieur. J'ai immédiatement pensé qu'elle rédigeait une lettre de dénonciation aux flics, dans laquelle elle allait joindre mon message anonyme, pour qu'ils mènent l'enquête.

Mais, avant de continuer à écrire en haut de la page, Virginie a fait un drôle de geste. Elle a porté mon enveloppe à ses narines, comme pour y dénicher un parfum, une odeur, j'ai même cru distinguer un petit sourire. Elle a reposé ma lettre et repris la rédaction de la sienne.

Tout cela s'est passé très vite. Mes réflexions à Lionel, le passage de Calupe, l'accident de Bannier, le brouhaha dans la classe, le calme et le geste incompréhensible de Virginie, mon cutter dans le cartable... tout se mélangeait.

J'ai eu comme un pressentiment, quelque chose de vague et de tenace à la fois. Cette lettre, il me la fallait absolument ! Si Virginie la destinait aux flics, malgré toutes les précautions que j'avais prises, il valait mieux la lui voler avant qu'elle ne la poste. Maintenant, si elle écrivait cette dénonciation, c'était probablement qu'elle n'avait rien dit à qui que ce soit de la lettre de menace qu'elle avait reçue et donc, si je la lui volais, j'étais totalement garé... Oui, ça se tenait bien... Seulement, maintenant, elle pouvait aussi être en train de rédiger une lettre d'amour pour un inconnu, un de ses dragueurs, un plus fort, plus beau, plus doué que moi et pas seulement en orthographe. En ce cas, Virginie lui écrivait sa dernière déclaration dans l'éventualité où la menace reçue aujourd'hui fût sérieuse. Une lettre de possible adieu... Et c'est à ce bel inconnu qu'elle pensait, plus qu'à elle, plus qu'à moi ? Je me paumais en suppositions, ça commençait à friser la paranoïa... Lionel avait raison, j'étais fou de jalousie et de rancœur.

Écris, belle Virginie ! Écris tout ce que tu veux ! Écris à qui bon te semble ! Moi, je sais seulement que ce sont là tes dernières lignes et que je ferais tout pour qu'elles n'arrivent jamais à leur destinataire !

Calupe, l'escalope !
Pas dupe la salope !
Chien de garde du bahut,
Y'a pas de salut
Y'a pas d'av'nir.
Et il va rev'nir....
Chien de garde du bahut,
Y'a pas de salut...

... Et Calupe est arrivé, sans prévenir, comme toujours, comme il avait prévenu.

La chorale s'est arrêtée net, comme si l'entrée du pitbull avait brusquement éteint le courant, coupé la sono, débranché la chorale. Il était écarlate, version tomate très mûre. Il respirait fort mais a commencé très doucement, ça sentait le calme suspect avant la tempête. Une terrible tempête.

– Je suppose que vous révisiez vos partitions en l'absence de votre professeur de musique ?

Le Grand Vladimir n'en menait pas large. Même Virginie s'était arrêtée d'écrire pour lever le nez sur le cataclysme qui se préparait à s'abattre devant le tableau.

– Répondez-moi, Vladimir !

La tempête se levait.

– M'sieur...

– Répondez-moi, cette chanson est-elle au programme de vos cours avec M. Bannier ?

Le cyclone pointait son œil.

– M'sieur...

– Ré-pon-dez-moi-im-mé-dia-te-ment !

Il hurlait force 30. À chaque syllabe, il avançait sur l'estrade en direction de Vladimir qui rapetissait à chaque pas. L'ouragan allait gifler. La bombe allait exploser et nous nous attendions à subir ce qu'à la télé ils appellent les dommages collatéraux.

– Je vous écoute !

– C'était pas bien méchant, m'sieur... a bafouillé le « petit » Vladimir en baissant les yeux.

– Rechantez-la-moi !

– Pardon ?

– Rechantez-moi vos merveilleux couplets ! Après, vous irez recommencer vos vocalises dans le bureau de M. Cordoba ! Vous n'imaginez pas à quel point notre principal est mélomane, vos compositions devraient lui plaire ! Rechantez-moi ça !

– M'sieur, je vous en prie, c'était une blague, pas fine, c'est vrai, mais pas bien méchante non plus !

Vladimir suppliait, je ne le voyais pas de face, mais je pense qu'il manquait peu de chose pour qu'il éclate en sanglots.

– Ce n'est pas la peine de la rechanter, vous l'avez très bien entendue cette chanson ! Acceptez ses excuses plutôt que de le terroriser ainsi ! Faut pas vous étonner qu'on vous mettre en boîte de la sorte, si vous ne comprenez pas une plaisanterie...

C'était Virginie !

De sa voix calme, elle venait de briser le silence de la classe et le souffle terrible de Calupe. Comme une extraterrestre tombée parmi nous, elle prenait la défense d'une blague minable à laquelle elle n'avait même pas participé.

– De quoi je me mêle, mademoiselle Schmitt ?

Le typhon venait de changer de direction.

– Je dis simplement que c'est inutile d'insister ! Vous avez très bien entendu les paroles de cette chanson. C'est tout !

– Je rêve ?

Il n'était pas le seul à ne pas en croire ses oreilles. Tous, nous étions stupéfaits par l'aplomb et le ton de Virginie. L'écarlate des joues en moins.

Tremblant de rage, Calupe semblait près de la tuer sur place.

T'as pas intérêt, Calupe ! Aujourd'hui, c'est moi l'assassin. Tu ne me voleras pas mon crime !

– Vous... Vous êtes...

Il n'arrivait pas à articuler la moindre parole. Mais le plus incroyable, c'est que Virginie insistait.

– Vous le savez très bien que tout le monde vous surnomme escalope dans le collège. Depuis toujours ! C'était déjà comme ça quand on est entrés en sixième ici. Les troisième et les quatrième nous l'ont appris, d'autres avant nous le leur avaient appris. C'est ni très original ni bien cruel. En tout cas, en avoir fait une chanson, même mauvaise, c'est pas un crime.

– Vous... Vous êtes...

– Tout le monde a chanté, vous n'allez pas nous guillotiner pour ça ?

Pierre-François n'a même pas osé baver : « Non moi, j'ai pas chanté, monsieur Calupe ! »

– Vous voulez aller faire un duo chez M. Cordoba, c'est ça ? a demandé le pitbull tomate.

– Non ! Je n'ai pas envie... Et puis non aussi parce qu'en plus, franchement, je la trouve nulle cette chanson...

– Pourtant, vous allez y filer tout de suite... et en rythme !

– Non, monsieur Calupe, ni en rythme, ni en dansant, ni en pleurant ! Non, je n'irai pas chez le principal, ni chez personne d'autre, je m'en vais, c'est tout !

Virginie était déjà debout.

– Restez ici, je vous interdis de bouger !

– Vous voyez, vous ne savez pas ce que vous voulez. Je file ou je ne bouge plus ? C'est pas clair.

Elle fermait son cartable. Son classeur, ma lettre, la sienne, elle y avait tout rangé tranquillement. Sa veste sur l'épaule, elle avançait lentement entre nos tables.

Calupe s'est placé devant la porte pour la bloquer. Il paniquait, nous aussi.

– Je voudrais passer, monsieur ! a-t-elle dit tout doucement en le toisant sans haine.

– Restez ici, je convoque immédiatement vos parents !

Violemment, Calupe lui avait attrapé l'avant-bras.

– Oui, monsieur, si vous voulez ! La presse, la police, toute ma famille, ça les occupera et, pour une fois, ils auront l'impression de servir à quelque chose ! Convoquez le ministre de l'Éducation nationale si ça vous chante, un psy, ça sert toujours ! Je ne sais pas, moi, convoquez le pape ou votre grand-mère, organisez une rave partie avec tout ce monde, passez-leur cette chanson en boucle, faites-les gesticuler sur les paroles idiotes si vous avez envie... mais moi, pour l'instant, je voudrais sortir... s'il vous plaît.

Elle lui avait balancé ça si calmement, pourtant, ses quelques mots avaient semblé aussi injurieux que si elle les lui avait crachés à la figure. Mais elle avait parlé doucement, sans le moindre besoin de hausser le ton, et presque tendrement, elle s'est dégagée de la poigne du surveillant. Tellement estomaqué par l'assurance de Virginie, l'autre n'a pas osé la saisir à nouveau.

– Vous passerez en conseil de discipline !

– C'est normal, monsieur, je comprends tout à fait, c'est justifié, mais là, pour l'instant... j'aimerais sortir d'ici.

– Je vais vous faire virer, mademoiselle Schmitt !

Vous allez voir ce qu'il en coûte de faire la maligne pour amuser vos camarades !

C'est à ce moment qu'elle a tourné la tête vers nous. Elle a balayé du regard la classe médusée, était-ce une impression où s'est-elle vraiment arrêtée quelques instants de plus sur moi ?

Elle a simplement ajouté :

– Monsieur, je n'ai pas vraiment eu la sensation de les amuser, mais vous savez mieux que moi...

– Virée !

– Si cela vous fait plaisir...

– Définitivement ! Virée... pas pour trois jours ou pour une semaine... définitivement !

Virginie était passée. Elle s'éloignait dans le couloir. Nous étions tous soufflés, et Calupe certainement autant que nous. Il continuait à répéter, comme ça, dans le vide, « définitivement virée ». Un pantin dérisoire qui faisait résonner sa sentence mais que personne n'écoutait plus.

Par les fenêtres de la classe, nous l'avons vue traverser la cour. Je crois bien qu'à ce moment-là, j'avais oublié mon désir de la tuer. Du moins, le temps de cette sortie magistrale et si incroyable.

Virginie marchait tranquillement vers le portail. Déjà elle longeait le gymnase. Calupe avait disparu. Il était certainement parti à toutes jambes prévenir Cordoba. Réclamer l'intervention de l'armée de terre, d'un sous-marin atomique, d'une escadrille de mirages à têtes chercheuses, afin de bloquer la « forcenée »! De la ramener morte ou vive...

Dans la classe, personne n'osait plus rien dire. Le Grand Vladimir qui avait repris sa place derrière son bureau pas plus que les autres. Quelques murmures seulement ont commencé à dissiper notre gêne au bout d'un moment.

La sonnerie de fin de cours a libéré tout le monde. En silence pour la plupart, notre classe est sortie pour l'intercours. Une partie d'entre nous avait athlétisme, les autres, étude. Moi je restais comme un imbécile, scotché sur ma chaise.

Virginie s'en allait. «Définitivement. » Je n'avais plus que cela en tête. La grille du collège était devant elle, au bout de l'allée, après le garage à vélos. Son cartable se balançait à son bras droit. Son cartable avec ma lettre et la sienne. Celle qui me dénonçait. Définitivement. Elle allait se plaindre à la police, jouerait les pauvres filles terrorisées par une lettre anonyme. Cela lui donnerait toutes les excuses pour s'être comportée ainsi devant Calupe et la classe. C'est pour cela qu'elle m'avait regardé de la sorte avant de nous quitter.

Tout ce cinéma m'était destiné. Virginie m'échappait. Définitivement. Elle savait très bien ce qu'elle faisait.

Il fallait que je me bouge.

Lionel, sans le vouloir, m'a donné le signal du départ.

– Ben mon Toine, tu l'aimes peut-être pas beaucoup, mais, moi, je trouve qu'elle a un sacré cran !

Je n'ai pas répondu. Il a repris :

– Pendant l'heure de perm, je ne reste pas avec toi en bibliothèque. Je dois...

– Bien sûr, t'as un nouvau plan avec Nathalie !

– Un plan... on se voit, quoi... T'es pas fâché ?

– Mais non, banane ! j'ai répondu sans le regarder. Quelle heure t'as ?

– Ta montre marche pas ?

– Si, mais t'as quelle heure ?

Il m'énervait, j'étais pressé.

– 15 heures passées...

– Quelle heure, exactement ?

– 15 heures 12 minutes et 28 secondes, non, 30, non, 32, non...

J'ai attrapé mon cartable d'un geste brusque et j'ai foncé dehors, sans plus l'écouter égrener les secondes. Je n'en avais plus une à perdre !

CHAPITRE V

Derrière la victime

J'ai débouché en courant sous les platanes du boulevard Georges-Cerpe, la grille d'entrée de notre collège y est accrochée. Pas de Virginie à l'horizon. Il n'y avait pas trente-six solutions, gauche ou droite ? Il fallait choisir, et vite. À droite c'était plutôt la campagne et des tenues maraîchères, qu'est-ce qu'elle serait allée se perdre dans les patates, les choux-fleurs et les serres à muguet ? J'ai pris à gauche, la direction du centre-ville, de chez elle, mais également celle du commissariat. Elle avait pu attraper un bus... J'ai sprinté en battant des records olympiques pour la retrouver avant qu'elle n'arrive chez les flics. Si je ratais le cours de gym, on ne pourrait pas me reprocher de ne pas m'être dépensé.

Mon esprit fonctionnait aussi vite que ma respiration. Je ralentissais à chaque croisement pour fouiller du regard les rues débouchant sur le boulevard. Je vérifiais d'un coup d'œil rapide chaque magasin pour la trouver. Toujours pas de Virginie.

J'ai couru encore, avec la trouille de l'avoir laissée s'échapper. J'avais tout réglé comme du papier à musique, voilà que son altercation et ce départ précipité faisaient basculer tout mon scénario. Je n'avais plus la main, il fallait que je la retrouve.

Il y a un petit square dans le quartier du centre social, juste devant la médiathèque et le commissariat. À partir de là, il y aurait trop de rues, trop de possibilités, ma victime serait perdue et il me faudrait tout recommencer, fomenter un autre plan.

Je désespérais quand, enfin, je l'ai aperçue de loin dans le square.

Elle s'était assise sur un banc. Encore un banc. Elle écrivait. Encore écrire. Une autre page à ce que j'ai pu en juger. Une autre lettre, beaucoup plus courte que la précédente, enfin, c'est ce que j'ai pensé car elle n'utilisait pas un papier de la même couleur que celui sur lequel elle avait griffonné en classe.

Elle était belle. Je la haïssais. Je détestais l'aplomb avec lequel elle avait mouché et sonné Calupe, l'allure paisible qu'elle réussissait à garder ici sur ce banc après un tel esclandre, la douceur de ce visage constellé des ombres que les acacias projetaient à cet endroit du square. Je haïssais tout ce qui en elle m'aurait tant bouleversé, si elle avait accepté mon amour.

Caché derrière une estafette de la police, je l'ai épiée en calmant mon souffle, pas ma haine, jusqu'à ce qu'elle ferme son enveloppe en la collant avec sa salive. Elle s'est levée du banc. Je ne comprenais pas ce qu'elle trafiquait. À quoi cela servait d'écrire aux flics alors qu'elle était à deux pas de leurs bureaux ? À qui pouvait-elle encore avoir à écrire ? Pour être prêt à intervenir, je me suis un peu approché, toujours tapi derrière les voitures.

Si tu prends la direction du commissariat, je te saute dessus et je te vole ton cartable, je t'assomme, je t'étrangle ! T'as compris, Virginie !? Rien ne me fera reculer, espèce de garce !

Mais elle s'est mise à marcher dans la direction opposée. Sans accélérer, tranquille, trop tranquille !

Elle a traversé la ZUP et est entrée dans le lotissement résidentiel.

Des rues aux noms des signes du zodiaque. Je le connaissais par cœur ce quartier, c'était le mien. Des maisons proprettes, toutes d'un style identique, le garage sur le côté, un auvent avec poutres apparentes au-dessus de la porte d'entrée, un pilier ou deux pour soutenir le balcon d'une des pièces du premier, des plaques qui préviennent que le chien est méchant, des haies bien taillées de thuyas qui protègent des regards et délimitent les territoires. Je la suivais à bonne distance, toujours en me cachant derrière les voitures garées. Bélier, Verseau, Poissons, on n'allait pas se faire toutes les constellations du ciel comme ça ! Et puis elle est arrivée dans ma rue, celle du Scorpion. Qu'est-ce que tu fais là ?

Elle s'est arrêtée devant notre pavillon, au numéro 30. J'étais paumé ! Qu'est-ce qu'elle faisait là, devant chez moi ? En quelques secondes, elle a glissé sa lettre dans la boîte du portillon et elle est repartie tranquillement vers le Lion, le Taureau et la rocade de l'autoroute.

Elle m'avait écrit ?

Je croyais mener le bal, c'est elle qui me traçait les détours du jeu de piste. Pourtant, j'étais absolument persuadé qu'elle ne m'avait pas repéré. Plus discret que moi, on ne pouvait pas trouver. J'avais même fait gaffe aux reflets des vitrines pour qu'elle ne me repère pas. Et puis, depuis le banc, Virginie ne s'était pas retournée une seule fois. Elle ne savait pas que j'étais derrière elle, ça j'en étais convaincu, mais c'était bien la seule certitude que je me trimbalais à ce moment-là...

Montre en main, j'ai mis moins d'une minute pour récupérer la clef de la boîte aux lettres dans le hall de chez nous, ouvrir la boîte, saisir l'enveloppe, remettre la clef à sa place au-dessus du téléphone et reprendre mon sprint pour rattraper Virginie un peu avant l'échangeur.

Tranquille, elle marchait d'un pas rapide et toujours en regardant devant elle. J'ai peiné pour caler mon allure sur la sienne. Basket-ball, marathon, randonnée et escalade, cela faisait beaucoup pour une seule journée. Impossible de lire en la pistant.

Par le chemin forestier, Virginie progressait sur le talus abrupt sans ralentir son allure. Si décidée, si forte, comme toujours. Moi je peinais, mes bronches ont commencé à siffler. C'était pas le moment de me déclencher une crise d'asthme ! Pourtant, malgré moi, je la sentais monter.

Elle avançait toujours, en meilleure santé que moi. Je suffoquais en sentant mes bronches se resserrer. Il ne fallait pas que je la perde. Surtout quand il me restait à la balancer sous les roues de l'express de 17 h 32 ! Il y avait tout de même une chose positive dans ce petit jeu de piste, la voie ferrée était juste de l'autre côté du bois des Griffons. Je n'avais pas prévu d'y arriver par ce chemin, mais ce n'était qu'un détail, ce qui comptait, c'était le résultat. Du souffle, encore un peu d'air au moins jusqu'au passage du train !

Il y avait simplement mon prénom sur l'enveloppe. *Antoine*.

J'ai commencé à la déchirer alors que Virginie s'engageait dans le souterrain qui mène vers le bois des Griffons.

J'ai sorti la lettre de son enveloppe.

Tout en marchant, j'ai regardé rapidement l'intérieur de l'enveloppe, c'était un devoir de français que nous avions à rendre dans une semaine ! Pourquoi elle m'avait posté ça, cette garce, pour m'humilier encore, pour me rappeler mes fautes d'orthographe et mon style lamentable ? J'ai glissé l'enveloppe dans ma poche. Tu vas crever, Virginie ! Tu vas souffrir atrocement !

Tu veux me faire pleurer ? C'est déjà fait ! Mon stock de larmes est tari, le malheur a changé de camp. C'est bien. Sans le vouloir, c'est toi qui nous diriges vers le lieu prévu de mon crime. Continue, belle ordure ! La chance est avec moi.

La chance et la fatigue. Elle avait des réserves pour avancer si vite, et moi plus de souffle.

Je l'ai laissée prendre de la distance. J'avais trop peur qu'elle m'entende piétiner les branches mortes derrière elle, qu'elle me découvre et s'enfuie. Même avec le cutter, dans mon état de fatigue, j'aurais eu du mal à la rattraper, encore plus à la maîtriser.

Elle m'a traîné ainsi jusqu'à l'orée du bois des Griffons. Jusqu'en haut du plateau qui domine la ville et la vallée.

Elle s'est assise sur le rocher de Sabine pour admirer le paysage. Le rocher de Sabine, c'est une espèce de gros menhir strié sur un côté, de haut en bas. Avec un peu d'imagination, on peut y voir la chevelure d'une femme de dos très mal peignée. Sur l'autre face, pour distinguer un visage et un corps, il faut un peu de mauvaise foi et beaucoup d'imagination. C'est vrai que, depuis « Sabine », le panorama est le plus merveilleux qui existe sur la ville, la rivière et les champs à perte de vue.

En contre-bas du rocher où Virginie avait pris place, il y a le tunnel et ensuite le pont. Ces endroits, je les connais par cœur. Ils ont été le terrain de jeux de mes premières parties de cow-boys, de nos escapades en bicross. Un peu plus loin, par un chemin qui descend à pic, on atteint les baignades et les aires de pêche de la

Saponne, sans avoir à faire le long détour qui passe par le centre-ville. Un grillage de protection sépare les rochers et le bois de la voie ferrée. D'autres gamins, avant nous, ont cisaillé des passages dans la barrière, nous n'avons fait que les agrandir.

Le tunnel mesure près de trois cents mètres sous la colline, le train y débouche en venant du nord, juste après, c'est le pont et, enfin, l'entrée par les quartiers nord de la ville. Le pont est fait de poutrelles d'acier boulonnées entre elles par de gros rivets. Ici on l'a toujours appelé le pont Eiffel. Il saute quarante mètres au-dessus de la Saponne, notre rivière. Faut pas avoir le vertige. Bien entendu, cette voie ferrée unique est interdite aux piétons. Mais comme les autres, j'ai passé des séries de mercredis après-midi, au printemps ou en été, à me faire peur dans le tunnel et sur les rails au-dessus du vide. Nous étions des aventuriers, mi-Tintin, mi-Indiana Jones, probablement inconscients des risques que nous prenions ou plus simplement fiers de balancer des claques amicales dans le dos des dangers qui nous fascinaient.

Virginie, tu n'étais pas de ma bande, mais je vois que tu connais les plus beaux coins de la région, toi aussi. On dit que le soir, les amoureux viennent ici s'enlacer.

Je n'en ai jamais vu. Les amoureux ! Si tu avais voulu de moi, c'est ici que j'aurais adoré t'embrasser pour la première fois. Ça compte, un premier baiser ! Ça compte autant que la première lettre d'amour ! Un jour, Lionel et Nathalie monteront se cacher ici pour se serrer l'un contre l'autre, comme des amoureux, des vrais ! Mais l'heure de l'amour est passée, Virginie, voici que sonne celle de ma haine !

Je te laisse quelques instants de répit pour admirer le panorama. Profite ! Je te souhaite de fermer les yeux lorsque le train sifflera ton ultime supplice.

CHAPITRE VI

L'heure du crime

Elle est restée encore un moment à scruter l'horizon. Moi à calmer mes bronches épuisées.

16 h 50 à ma montre. Dans moins d'une heure, tu seras morte !

J'ai ouvert mon cartable et j'ai attrapé le cutter.

Je vais te faire descendre de ce rocher et passer le trou dans le grillage. Ma lame saura t'aider !

Tu voudras discuter, t'excuser, tu voudras te défendre, ou alors tu pleurnicheras, mais rien ne me fera reculer. Tu es devenue la faute d'orthographe de ma vie et aujourd'hui, c'est moi qui corrige et rends la copie !

Quand le train s'engouffre dans le tunnel, il prévient en sifflant.

Après, il accélère en sortant du tunnel et en s'engageant sur le pont... et toi tu seras là, à l'attendre ! C'est lui qui va t'embrasser, Virginie. On aura jamais vu d'étreinte aussi brutale au pied du rocher de Sabine. Une étreinte à en mourir...

Le manche du cutter me brûlait la paume, j'ai caché mon cartable dans un trou, je le reprendrais tout à l'heure. Après...

16 h 55 !

Virginie aussi s'est levée. Je me suis caché à nouveau. Elle a sorti un briquet de sa poche.

Tiens, tu fumes ? T'as tous les vices !

Elle a attrapé ma lettre. Même de loin je la reconnaissais parfaitement. Elle l'a brûlée entièrement. Laissant le vent emporter en lambeaux les cendres de ma menace de mort. Piétinant du talon les plus gros morceaux calcinés.

17 heures !

Merci pour le service. J'avais prévu de récupérer ce message après, on n'est jamais trop prudent, mais puisque tu me mâches le boulot...

17 h 04, il est temps d'en finir à présent.

J'allais m'élancer sur elle pour la surprendre, mais Virginie s'est dressée et, comme hypnotisée par le paysage, est descendue vers la balafre du grillage, par le chemin à pic. Tapi derrière les bosquets, j'ai rejoint le rocher de Sabine. Elle avait laissé par terre son cartable et sa veste, soigneusement pliée. De là-haut, je la regardais sans comprendre. À présent, tout doucement, elle descendait vers la voie ferrée.

Qu'est-ce que tu fais ? Tu vas te baigner dans la Saponne ? Et tes affaires ? Pourquoi les as-tu oubliées ici ? Quelque chose n'allait pas. Qu'est-ce que c'était ce cirque ? Mes questions se bousculaient et rebondissaient dans ma tête comme des autotamponneuses à la foire.

Sans réfléchir, j'ai ouvert le cartable. La lettre aux flics, il fallait que je la récupère. J'ai tout vidé par terre, elle n'y était pas. Les poches de sa veste. La lettre était là, coincée dans son petit portefeuille qu'elle avait abandonné avec le reste.

C'était pas pour les flics. Dessus, elle avait écrit :

À remettre à mon père et ma mère.
Virginie Schmitt. Rue Népau.

J'ai lu et tout a basculé dans ma tête. Une page entière et quelques lignes sur le verso. Moi qui suis nul en lecture, moi qui bafouille en classe devant une ligne sans virgule, moi qui bégaie face à quatre syllabes un peu difficiles, je n'ai jamais lu aussi vite de ma vie. Jamais !

J'ai hurlé.

J'ai récupéré son autre lettre dans ma poche. Il n'y avait pas que le devoir de français, il y avait une autre page, plus petite, pliée et restée au fond.

Mes bronches ! Ça recommençait à se sentir à l'étroit là-dedans !

C'était griffonné d'une écriture un peu maladroite, c'était le papier du banc tout à l'heure.

Il n'y avait que quelques lignes, mais quelles lignes !

Avant que tout soit terminé, je veux que tu saches que je suis désolée de t'avoir traité aussi durement, l'autre jour. Parfois, c'est quand on souffre le plus qu'on fait le plus souffrir. C'est idiot, mais c'est comme ça ! Tu l'as appris en même temps que moi, enfin peut-être ! Si c'est toi qui as décidé de me tuer, ne prends pas ce risque inutile, Antoine ! Je vais m'en charger. Mais avant, je peux te le dire maintenant, ta lettre était très belle, Toine. Jamais personne ne m'avait parlé ainsi et je ne pensais même pas que ces mots puissent un jour me parvenir. Seulement, voilà, je ne veux pas qu'on m'aime, ni toi ni personne. Et n'allez pas croire que ce qui s'est passé avec monsieur Calupe aujourd'hui y soit pour quelque chose. C'est exactement le contraire. Là où vous avez tous dû imaginer que j'avais du courage ou du toupet, il n'y avait qu'un sursaut désespéré de suicidée. Car j'ai décidé de me couper de tout le monde, de mes parents, de vous tous en classe, de tout. Il ne me reste plus qu'à me couper de moi-même.

Plus rien n'a d'importance aujourd'hui.

Sois heureux en tout, garde tes mots d'amour pour toutes celles qui le mériteront, et surtout, excuse-moi.

Adieu.

Virginie.

P.S. : Si mon devoir de français peut t'aider à remonter ta moyenne, c'est avec plaisir que je te l'offre. Un signe d'adieu. Et ne va pas imaginer que je joue encore les correctrices comme l'autre jour. Sincèrement, excuse-moi.

J'ai hurlé ! J'ai hurlé malgré le manque d'air. J'ai hurlé et j'ai eu mal ! J'ai hurlé si fort que j'ai cru que les quartiers sud de la ville, en face, sur l'autre rive de la Saponne, pouvaient m'entendre.

J'ai hurlé, mais rien n'a bougé, et pas même Virginie qui continuait à descendre son chemin de croix, doucement, imperturbable. Même si je venais de battre mon record de vitesse pour lire cette deuxième lettre, Virginie avait pris beaucoup trop d'avance.

J'ai dévalé le chemin, suis passé à travers le trou du grillage sans faire attention aux aiguilles d'acier qui déchiraient mon blouson. Virginie était déjà sur le pont Eiffel, la voie de chemin de fer dédicaçait toutes ses lettres désespérées.

« Décidément, tu ne comprends rien aux filles », se moquait sans cesse Lionel. « Il ne me reste plus qu'à me couper de moi-même », m'avait-elle écrit avant de clore : « Adieu. » J'étais le garçon le plus taré, le plus aveugle de la terre ! J'étais bien plus grave et plus nul que toutes mes fautes d'orthographe.

J'avais tout eu sous les yeux et je n'avais rien vu. Il avait fallu qu'elle me mette les points sur les i pour que je saisisse enfin et trop tard. À ses parents aussi, elle avait décidé de faire comprendre les choses. Définitivement ! Voilà que la future victime devançait les projets de son meurtrier, que l'assassin poursuivait sa victime pour la sauver...

Virginie !

Ce n'est pas toi que je voulais tuer, mais la honte que tu m'as faite !

Virginie !

Ce n'est pas ta vie que tu veux tuer, mais les hurlements et les coups de tes parents !

Virginie !

D'une écriture ronde et régulière, pendant que le Grand Vladimir amusait la galerie, elle leur avait écrit à quel point elle les aimait, mais aussi à quel point elle souffrait et maintenant ne se supportait plus. Elle disait son malheur de n'avoir su se faire comprendre d'eux. Qu'elle était meurtrie par les coups, les gifles, les interdits et les disputes sans cesse répétés.

« Encore plus meurtrie dans mon âme que dans mon corps », cette phrase restait tatouée dans ma tête alors que je dévalais le chemin. Elle leur reprochait de ne pas l'avoir soutenue, malgré ses efforts en classe. Elle évoquait aussi le psychiatre qu'ils l'avaient envoyée consulter, disait que ces rendez-vous étaient inutiles, que tout était vain. Ce n'était pas du venin qu'elle déversait, mais de la bile, comme quand il n'y a plus que cela à vomir, l'amertume ça s'appelle. Elle finissait en leur jurant que maintenant elle ne leur en voulait plus, mais qu'elle se détestait tant...

Virginie !

J'ai tant hurlé son prénom en m'écorchant aux branches, en me blessant aux rochers... J'ai atteint la voie ferrée alors qu'elle était au milieu du pont. Là, elle m'a entendu l'appeler, l'écho m'a aidé. Elle a tourné la tête, je ne sais pas si elle était étonnée de me découvrir deux cents mètres derrière elle, mais elle a repris aussitôt sa progression, comme si mon cri ne lui avait pas été destiné.

Dans mon dos, le tunnel ; devant moi, loin devant, le pont Eiffel et Virginie dessus qui s'avançait sur les travées d'acier.

Encore, j'ai couru vers elle, encore en hurlant. Que meurent mes bronches, mais pas elle !

À présent, elle avançait plus lentement, peut-être à cause des espaces entre les poutrelles, tout au-dessus du vide.

J'essayais de gagner du terrain, mais les madriers, entre les rails, rendaient ma course difficile.

Elle était à l'aplomb de la Saponne, une centaine de mètres devant moi. Elle venait de s'arrêter. Pas pour m'attendre. Elle avait rendez-vous avec le vide et le vertige ! Si elle sautait maintenant, je n'aurais pas le temps de l'en empêcher.

Moi qui ai mis au point ton meurtre depuis un mois ; moi qui ai tout préparé ; qui ai même alimenté ma rancœur pour ne pas hésiter quand viendrait le moment de te pousser sous les roues du train ; Virginie, fais pas une connerie pareille ! Virginie, c'est pas toujours beau la vie, mais y'a que ça ! Virginie, ne le fais pas ! C'est pas grave si tu ne m'aimes pas ! Je m'en fous, c'est pas grave, y'a du temps devant nous, pas du vide ! Fais pas ça ! Mais y'a du temps que si tu vis ! Enjambe pas cette foutue rambarde ! Virginie ! C'est vrai, je t'en ai voulu, mais c'est vrai aussi que je t'aime ! Virginie, je crois en toi et je t'aime pour deux ! Mais je ne vivrai pas pour deux ! Virginie !

– Reviens, je t'en supplie, attends-moi ! Attends-moi !

J'ai hurlé aussi fort que j'ai pu, l'écho a renvoyé son prénom en cascade au-dessus de la Saponne, on aurait dit une sorte d'éclat de rire dans la vallée. Même le fleuve se moquait de moi.

À nouveau, elle a tourné la tête dans ma direction. Il n'y avait pas d'amour dans son regard, pas de haine non plus, seulement de la détresse. Une détresse aussi grande que le vide sous ses jambes.

En faisant un geste énervé de rejet, elle m'a crié quelque chose depuis le parapet du pont où elle avait pris appui. Ce n'est pas elle que j'ai entendue, c'est autre chose. Un autre hurlement plus abominable que les miens. Le sifflement du train qui prévenait qu'il allait entrer dans le tunnel, quatre ou cinq cents mètres derrière. J'avais oublié l'heure !

J'atteignais les premières travées du pont, Virginie était là-bas, au milieu, à l'endroit où le plongeon serait le plus vertigineux. J'ai regardé sous mes pieds.

À travers les espaces laissés par les poutrelles, je distinguais les eaux irisées de la Saponne. J'ai eu un haut-le-cœur. Bon sang que c'était haut ! J'ai toujours eu une telle peur du vide.

Virginie aussi l'a entendu, le train. Je ne sais pas comment expliquer cela, mais j'ai pensé qu'elle l'attendait. Que c'était lui qui allait lui donner le signal pour sauter dans les gorges du fleuve.

Le train a chanté une deuxième fois sa menace. Une sorte d'écho morbide qui résonnait depuis l'entrée du tunnel. Le grognement du fauve avant même de le voir bondir. J'ai sursauté ! Le vertige, la peur de voir Virginie disparaître, la fatigue aussi... ma jambe droite s'est enfoncée dans un espace libre entre deux poutrelles, tout contre un rail. J'ai trébuché dans le piège et je suis tombé par terre.

J'ai gueulé sous le choc. Ma cheville venait de se briser aux angles d'acier et impossible de me dégager.

La douleur à mon pied droit, Virginie là-bas à un saut de l'ange de l'abîme, l'approche du train... tout nous plongeait dans l'horreur. J'allais mourir, là, comme un imbécile que je suis, un pauvre nul qui ne comprend rien à *ces choses-là* ni à rien d'autre... un 0 sur 20, comme elle l'avait écrit en rouge, en haut de ma lettre. Depuis le tunnel, la locomotive a grondé : *« Je suis la gomme qui va t'effacer, Antoine ! Je corrige tout et c'est toi, la faute d'orthographe ! »*

J'ai tiré sur ma jambe, j'ai seulement réussi à la relever jusqu'à la cheville, mais impossible de faire passer mon pied et ma chaussure dans l'étau des poutrelles. Ils avaient fait l'aller, impossible de leur faire effectuer le retour. Tout hurlait. Mon pied, le train, moi...

En pleurant, j'ai lancé à Virginie :

– Sauve-toi, t'as juste le temps ! Sauve-toi !

Elle a hésité une fraction de seconde et elle s'est élancée vers moi. Elle voulait mourir dans mes bras ? Elle courait, passant d'une poutre à une autre avec une agilité incroyable. On aurait dit qu'elle avait marché toute sa vie sur ce genre de toile d'araignée.

– Tire-toi, bon Dieu ! Tire-toi ! Je veux pas que tu meures !

Sans m'écouter et sans un mot, elle m'attrapait déjà par les aisselles pour m'aider à me relever. Contre ma cuisse, je sentais le rail vibrer à l'approche du train. J'avais peur. Des peurs comme ça, on n'en a pas deux fois dans sa vie. J'espère, parce que sinon, c'est pas vrai qu'elle vaut le coup, la vie. Sauf que là, qu'est-ce que j'en avais à faire que des trouilles pareilles il y en ait une ou soixante-dix-huit, puisqu'elle risquait de s'arrêter, ma vie ?

À bout de force, j'ai murmuré :

– Sauve-toi ! Fais-le pour moi !

Derrière nous, les deux phares de la loco sortaient du tunnel. J'allais mourir avec Virginie, dans ses bras. Maigre consolation.

Elle a dit :

– Attention, Toine, ça va faire mal !

Je croyais qu'elle parlait du train. Le monstre avançait sa gueule d'acier sur nous. Vorace. Le conducteur a dû nous voir, il a fait hurler sa sirène tout en actionnant le frein de secours. Les essieux bloqués crissaient en glissant sur les rails. Sifflement abominable, mêlé à la sirène et à ma douleur. Moi aussi j'ai hurlé, Virginie je ne sais pas.

La course du freinage serait trop longue. En patinant, le monstre nous avalerait quand même !

Encore trente mètres avant la mort !

Virginie a crié : « Maintenant ! » et avec une force miraculeuse, elle a tiré, en brisant ma cheville. Net ! L'os a craqué, j'ai cru m'évanouir sous la douleur. Je n'avais plus de souffle pour hurler davantage. Mon pied était libre mais meurtri, la poigne vigoureuse de Virginie sous mes aisselles me tirait sur le côté.

Elle ne m'a pas lâché, au contraire. Elle m'a blotti contre sa poitrine et m'a plaqué brusquement contre le parapet du pont, juste au moment où la loco arrivait pour nous déchiqueter !

Juste ! Privé de son festin, le monstre a fait crisser ses freins sur vingt mètres encore.

Combien de temps m'a-t-elle gardé blotti contre elle ? Je ne sais pas, j'étais comme dans un demi-sommeil. Ivre de douleur. Je me souviens simplement de nous, deux feuilles pas mortes qui tremblaient dans le vent, au-dessus du précipice et d'un fleuve déçu de n'avoir reçu son obole.

Je me souviens du train immobilisé un peu plus loin, au beau milieu du pont. Du dernier compartiment, arrêté devant nous, les voyageurs inquiets – et drôlement secoués – nous observaient par les fenêtres, sans rien comprendre.

Je crois me souvenir que je suis resté blotti encore et encore en étant persuadé que si je me décollais, ne serait-ce que d'un centimètre de peau, je mourrais.

Je me souviens que Virginie pleurait, son nez

fourré au creux de mon cou. Je crois que je pleurais aussi.

– Je t'aime, tu sais ! Tu m'as sauvé la vie ! ai-je murmuré bêtement dans un sanglot. J'ai jamais voulu que tu meures !

Doucement, et ça j'en suis sûr, elle a redressé la tête, elle a souri, avec toujours autant de larmes dans ses yeux. Elle a dit :

– C'est toi qui m'as sauvée, Antoine !

– Moi ?

J'ai grimacé sans comprendre. Je sentais que j'allais m'évanouir, l'effort avait été trop grand.

– T'aider, c'était m'aider ! Te tirer de là, c'était me sauver ! N'oublie jamais ça ! Jamais ! Toi aussi, tu m'as sauvé la vie !

... Et elle a posé ses lèvres tremblantes, sur mes lèvres tremblantes, c'était sucré et salé à la fois.

Après je ne sais plus. De toute façon, je m'en fous complètement, même si c'est elle qui me l'a raconté.

– Non mais, ça va pas, les mômes ? (C'était le conducteur.) C'est tout ce que vous avez trouvé comme endroit pour vous faire des câlins !? Amoureux c'est beau, mais seulement si on reste vivants ! Vous êtes complètement dingues !

Le bonhomme avait eu trop peur lui aussi pour nous faire un sermon. Sans demander plus d'explications, avec l'aide de deux passagers, il m'a porté jusque sur la banquette d'un compartiment et c'est en train que nous sommes rentrés en ville.

La suite ? La suite non plus n'a aucune importance. C'est l'hôpital pour ma cheville, un plâtre et des béquilles pour deux mois et demi. Peut-être une légère claudication si je ne suis pas les conseils du kiné. La suite, c'est le journal local qui fait de Virginie une sorte d'héroïne, sauvant son camarade de classe d'une promenade buissonnière très dangereuse. Il y a même eu un petit reportage au journal télévisé. Toute cette gloire lui a valu les félicitations du proviseur et même de Calupe, et surtout la fierté de ses parents. J'ai appris à me méfier de la façon dont les journalistes relatent ce qu'on leur raconte.

Mais après tout, nous nous étions mis d'accord sur la teneur de notre version.

Personne ne saura jamais complètement.

Même Lionel. Il a bien dû me demander cent cinquante mille fois, avec un petit sourire entendu :

– Mais, dis-moi, qu'est-ce que tu fichais sur ce pont

avec elle ? Toine... à moi, tu peux bien le dire !... Toi qui prétendais la détester !

Personne ne saura, parce que personne ne peut comprendre.

Il y a des événements qu'on n'explique pas aux autres. De toute façon, personne ne comprend rien à ces choses-là ! Et moi pas mieux que les autres.

Table des matières

Hubert Ben Kemoun

Hubert Ben Kemoun vit à Nantes, sur les rives de l'estuaire de la Loire. Auteur pendant douze ans de dramatiques policières et fantastiques pour la radio, il écrit également pour le théâtre, notamment des comédies musicales. Si le noir est un de ses domaines préférés, HBK utilise pour commettre ses crimes toutes les couleurs de l'arc-en-ciel, des plus douces au plus sombres.

Du même auteur aux Éditions Nathan :

Collection Pleine Lune :

- *Le jour de tous les mensonges*
- *Le jour du meurtre*
- *Le dernier jour*
- *Le jour de tous les saigneurs* (Prix Tatoulu 2000 – Polar d'Or, Paris Lecture 2001)
- *C'est la jungle !*

Jean-Claude Götting

Influences

Le carré et le rectangle.

Amours

Oscar et Isabelle, et plein de choses de moindre importance.

Haines

L'imbécile qu tague le magnifique immeuble en face de mon atelier, et plein de choses plus importantes.

Parcours

Reviens de loin mais espère y aller.

Envies

Dessiner du mobilier, par exemple.

VOUS POUVEZ LIRE AUSSI...

LE JOUR EST LA NUIT H. Ben Kémoun

Policier

Vladimir voulait mettre en boîte son prof pour frimer devant les copains et les copines et tout a basculé. Gravement ! Vladimir se lance dans une interminable cavale...

DÉLIT DE FUITE C. Terrée

Policier

Antoine arrive dans sa nouvelle classe. Tom, sauvage et renfermé, est désigné pour l'accueillir et lui faire visiter l'établissement. Au début, leur relation est difficile mais ensuite Tom apprend à apprécier Antoine. Or, un jour, il lui révèle un terrible secret...

JE VAIS TE MANGER ! R. Belfiore

Fantastique

Un soir, Caroline entend des miaulements et aperçoit un homme qui s'enfuit avec ses chatons. Avec Tony et Ugo, ses copains, elle croit reconnaître le break d'Emil Brancusi. Ils entrent dans sa propriété et font une horrible découverte.

LA MAISON AUX DÉMONS J.M. Ligny

Fantastique

Quelque chose ne tourne pas rond dans la nouvelle maison de la grand-mère de Tim. Les portes s'ouvrent toutes seules et les objets changent mystérieusement de place...

MA VIE, ÇA N'EST PAS DE LA TARTE ! J. Hoestlandt

C'est ma vie !

Magali vit chez ses grands-parents. Cet après-midi, elle s'ennuie mais ne veut surtout pas le dire aux adultes qui lui trouveraient mille choses à faire... Un jour elle a l'idée de tout confier à une cassette.

... *DANS LA COLLECTION* **COMETE**

À LA VIE, À LA... M.S. Roger

C'est ma vie !

Cette nuit, la Vomille est revenue. Maman m'a regardé de son regard Je-t'aime. Elle a posé la couverture sur moi. Puis Melchior Lescale s'est assis sur mon lit. C'est mon voisin. Avant, il était pirate !

LA CHANSON DE HANNAH J.P. Nozière

C'est ma vie !

En 1940, Louis vit avec ses parents dans une petite ville minière. Il ne se soucie pas de la guerre. Mais sa vie est bientôt bouleversée : les nazis et la police commencent à arrêter les Juifs ! Et, à dix ans, Louis apprend par son père qu'il est lui-même juif... Pourront-ils fuir à temps ?

LES SEPT SCARABÉES G. Moncomble

Aventure

Oscar Pluche a épinglé son millième scarabée. Une collection parfaite ! Pourtant, lorsqu'une vieille dame lui prétend le contraire, sa joie tombe. Incomplète, sa collection ? La réponse l'attend en Égypte, avec des ennuis et des surprises de taille...

L'INCROYABLE RETOUR E. Brisou-Pellen

Aventure

C'est l'hiver. Un vent de mystère souffle sur la famille Fédine. L'inspecteur Biely enquête sur le meurtre de Léopold, survenu quelques jours après la mort accidentelle de sa sœur Olga.

LES SURFEURS DE L'INCONNU C. Grenier

Science-fiction

Manuel passe ses vacances en Australie, sur la plage de Surfers paradise. Un jour il assiste, médusé, à la disparition d'un surfeur dans les vagues. L'homme s'est volatilisé comme par magie !

N° de projet 10092358 (I) 7 BSBA 100°
Imprimé en France par I.F.C. 18390 Saint-Germain-du-Puy
Dépôt légal : mai 2002 - N° d'imprimeur : 02/407